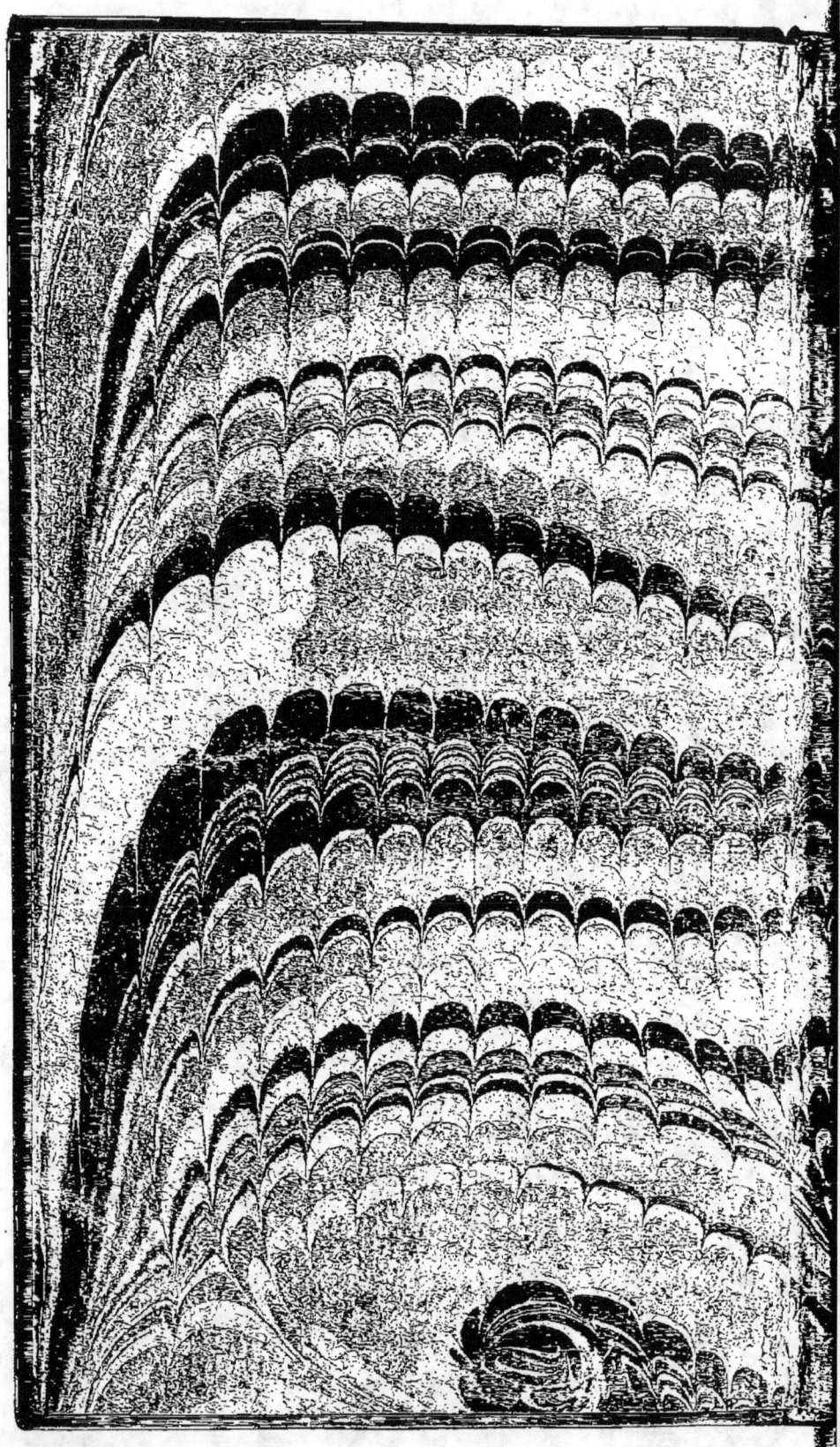

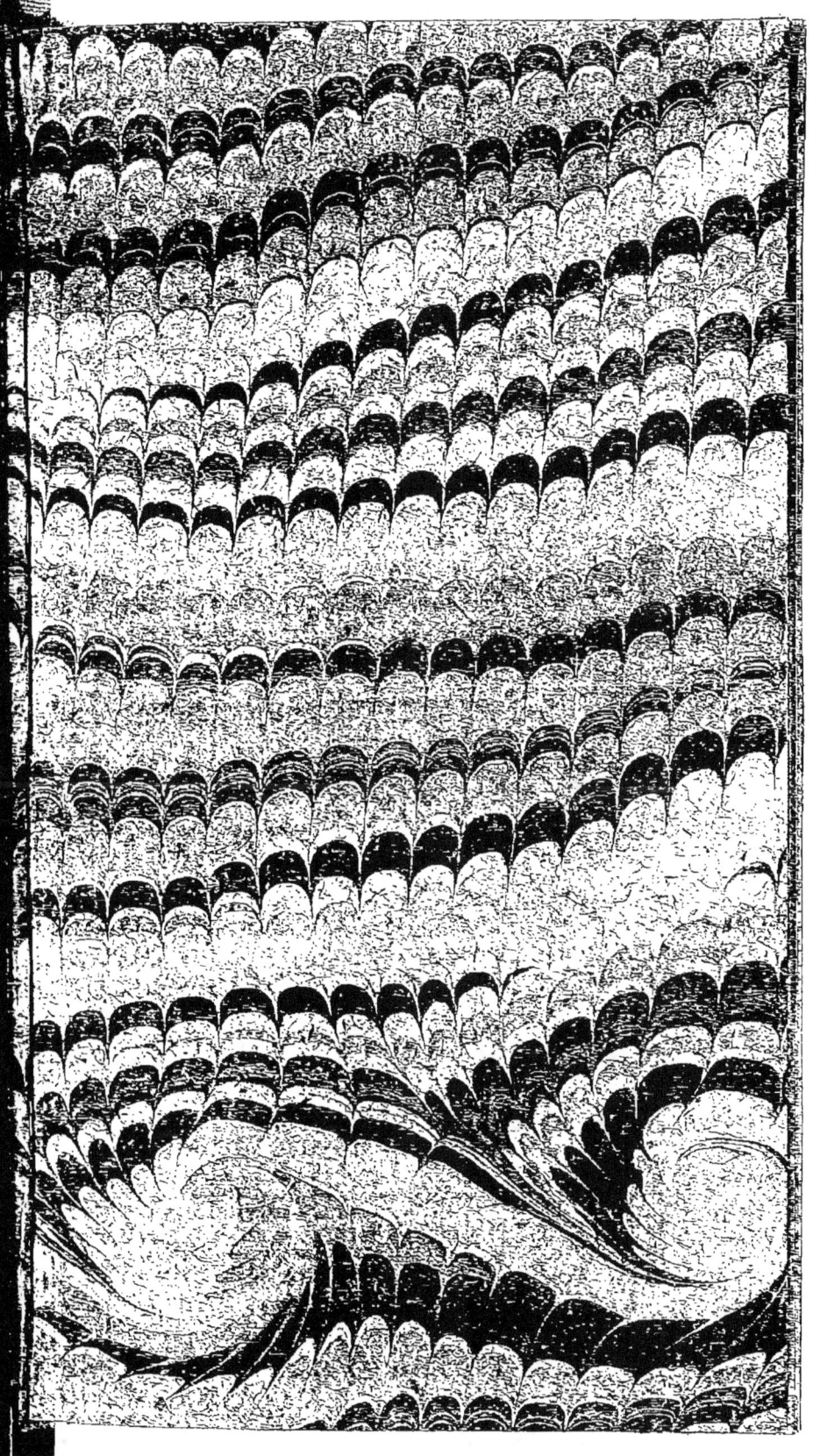

Cat: deuzou: 1769o.

LES
CAPRICES
DE
L'AMOVR,
COMEDIE.

A PARIS,

Chez PIERRE BIEN-FAIT,
dans la Grand' Sale du Palais.

M. DC. LXIX.

AVEC PRIVILEGE DV ROY.

PERSONNAGES.

FILEINE, Amoureux de Cephise.

CEPHISE, Amoureuse d'Alcandre.

ALCANDRE, Amoureux de Dorine.

DORINE, Amoureuse de Bradonte.

BRADONTE, Amoureux de Felicie.

FELICIE, Amoureuse de Fileine.

FORESTAN, Pere de Cephise, Dorine, & Felicie.

La Scene est aux enuirons de Lyon, dans la maison de campagne de Forestan.

LES
CAPRICES
DE
L'AMOVR.

COMEDIE.

ACTE PREMIER.

SCENE PREMIERE.

FELICIE, DORINE.

FELICIE.

QVE ces lieux font charmants & que leur
folitude
A dequoy foulager la peine la plus rude.
Ces prez, ces bois , ces champs n'offrent rien à nos
yeux.

A ij

Qui ne calme vn esprit & ne rende heureux.
Que ie sens du plaisir à voir vne bergere
Dessus vn tapis vert qui d'vne main legere
Son chien à ses costés & l'œil sur son troupeau
D'vn filet delicat fait grossir son fuseau,
Qui de l'ambition esloignant sa pensée
D'aucun soin estranger n'a l'ame embarassée,
Qui bornant ses desirs & contente de soy
De mille passions ne reçoit point la loy.
Et trouuant dans ses traits dequoy se satisfaire
N'emprunte rien d'autruy pour trouuer l'art de
　plaire.

D O R I N E.

Ie t'auoüe ma sœur qu'vn si tranquille sort
Doit donner de la honte à l'esprit le plus fort
Et qu'il nous montre bien qu'vne haute fortune
Ne produit pas tousiours vne ame peu commune.
Mais parmy ce repos, ces plaisirs innocents
Cette grande douceur qu'on goûte dans les cháps,
Ce calme, cette paix où ton desir aspire
Ne peut-on pas trouuer quelque chose à redire.
Pense-tu qu'vn berger viue sans passion,
Qu'il soit tousiours content de sa condition
Et prenant du mespris pour son estat tranquille
Il ne soit pas jaloux des plaisirs de la ville.
Combien de fois voyant ces bastiments pompeux
Qui vont par leur hauteur faire la guerre aux
　cieux,
Où l'art en mesme temps auecques la nature
Semble s'estre espuisé pour former leur structure,
De sa triste cabane aborre-t'il le toir,
Et voudroit deuenir maistre de ce qu'il voit.
Quand vn role en la main vn sergent en furie
Sur les siens & sur luy soule sa barbarie,

　　　　　　　　　　　　Qu'il

Qu'il se voit enleuer ses plus pretieux biens
Et conduire à la fin en de rudes liens.
Combien de fois alors dans sa disgrace extreme
Les yeux baignez de pleurs se dit-il à soy-mesme,
Faut-il que du hasard le bizarre decret
M'ait fait ce que ie suis & le Roy ce qu'il est ?
Pourquoy du iuste ciel la sage prouidence
De mortel à mortel met tant de difference.
Pourquoy faut-il, helas comme les animaux,
Que les hommes entre eux ne soient pas tous
   esgaux.
Ainsi dans quelque estat que les hommes se trou-
   uent
Tousiours de la douleur quelques traits il esprou-
   uent.
Qu'on coure l'vniuers de l'vn à l'autre bout,
L'on ne voit ; l'on n'entend que des plaintes par
   tout.

FELICIE.

Ie sçay bien que du sort les rigoureux Caprices
Ne nous laissent iamais des parfaites delices,
Que les hommes au mal se trouuans destinez
Commencent à souffrir aussi-tost qu'ls sont nez,
Et qu'enfin pour tout dire on voit que le plus sage
Est celuy quelquesfois qui souffre dauantage.
Mais du moins quand l'Amour par ses charmes
   puissans
D'vne ieune Bergere à surpris tous les sens,
Dans cet ardent transport dont elle sent l'atteinte,
Elle n'esprouue point la fascheuse contrainte
De souffrir aupres d'elle vn nombre d'espions
Qui comme autant d'Argus veillent ses actions,
Et qui trouuans par tout matiere pour m'esdire
Sur la plus vertueuse exercent leur satire.

Sans craindre du public les bruits iniurieux
Elle fait librement esclater tous ses feux,
D'vn Amant qu'elle tient sous son aimable empire,
Elle peut sans rougir escouter le martyre
Et sans estre obligée à tousiours se cacher,
Ni de fuir à regret ce qu'elle a de plus cher,
Elle suit les transports où son ardeur l'emporte
Ah ma sœur quel plaisir d'aimer de cette sorte.

DORINE.

Quoy verray-ie tousiours vostre cœur amoureux
Se plaindre incessamment de son sort rigoureux
Ne voulez-vous iamais esteindre cette flame
Qui depuis si long-temps met le trouble en vostre
    ame.
Et mesprisant l'obiect qui flate vos desirs
Vous deliurer bientost de tous vos desplaisirs.

FELICIE.

Quand l'Amour dessus nous exerce sa puissance
De le mettre dehors auons-nous la licence?
Et d'vn cœur qu'en ses fers il retient engagé
L'Amour pour en sortir en prent-il le congé.

DORINE.

A quoy sert de languir dans vne attente vaine,
Vous connoissez l'humeur du pere de Fileine,
Vous sçauez que le Ciel enuers luy liberal
A mis dans sa maison vn bon-heur sans esgal,
Que voulant de son fils agrandir les richesses
Il voudra de sa main luy donner des Maistresses.

FELICIE.

Encor qu'à nos Parents le Ciel nous ait soumis
On ne suit pas tousiours leurs choix ny leurs aduis,
                                        Souuen

Souuent vn fils poufsé de l'ardeur de fon Zele
N'efcoute que la voix de fon amour fidelle,
Et de fon pere auare eftimant peu les biens
Aymeroit mieux mourir que rompre fes liens.

DORINE.

C'eft nourrir dans fon cœur vn efpoir peu folide.
Quelquefois vn amant dans le feu qui le guide
Mefprife d'vn haut rang le faifte glorieux
Afin qu'à fon amante il puiffe plaire mieux.
Mais Phileine ma fœur en feroit-il de mefme,
Penfez-vous que fes feux aillent iufqu'à l'extreme,
Et que pouuant porter fes pas à la grandeur
Il en cede l'efclat pour auoir voftre cœur.

FELICIE.

Ouy de fa paffion ie me tiens fi certaine
Qu'à le croire conftant ie ne fens point de peine,
Et ie croiray pluftoft de voir manquer le iour
Que de voir quelque fin à fon ardent amour.

DORINE.

Si fans fe foucier du courroux de fon pere
Et mefprifant des biens la vanité legere,
On voit pour vos beautés fes feux affez conftans
Cephife le pourroit changer auec le temps.

FELICIE.

Cephife qui le hait : Cephife qui l'aborre :
Qui pour le fuir iroit du couchant à l'aurore.
Ie croirois que Fileine en feroit amoureux,
Que pour elle fon cœur fentiroit quelques feux.

DORINE.

A vous parler fans fard quoy que Fileine dife

Ie crois qu'il bruſle moins pour vous que pour
  Cephiſe.
Il la ſuit en tous lieux, il ne peut la quitter,
Mes yeux en ſont teſmoins , ie n'en puis plus
  douter.
C'eſt pourquoy vous deuez prendre vne autre
  meſure
Afin de n'eſtre pas le ioüet d'vn pariure
Ie vous en aduertis.

FELICIE.

             A voſtre tour auſſi,
Sçachez que voſtre amant vers vous en vſe ainſi.
Brandonte ſent vn feu qui pour moy le deuore
Il ma dit mille fois qu'il m'ayme, qu'il m'adore.
Que pour luy plaire en vain vous prenez tant de
  ſoins
Et que plus vous l'aymez, il vous en ayme moins.
Ie vous l'apprends ma ſœur, vous l'ignoriez peut-
  eſtre
Sans moy vous donneriez dans les pieges d'vn
  traiſtre.

SCENE II.

CEPHISE, DORINE , FELICIE,

CEPHISE.

SCauez-vous que bien-toſt Brandonte arriue icy
  Qu'Alcandre auec Fileine y doit venir auſſi ?

Mon pere dans ces lieux m'enuoye en diligence
Vous dire que dans peu vous aurez leur presence.

DORINE.

En effet les voicy, ie crois que ie les vois
Auecque vous ma sœur nous les laissons tous
   trois,
Nous auons entre nous encor deux mots à dire.

SCENE III.

CEPHISE, BRADONTE, FILEINE, ALCANDRE,

ALCANDRE.

Qvoy des lieux où ie viens Dorine se retire ?

BRADONTE.

Felicie me fuit, suiuons les promptement. *Ils sortēt.*
Elle reste auec fileine.

CEPHISE.

Ie marche sur leur pas,

FILEINE.

Arrestez vn moment,
Sans cesse voulez-vous dedaigner cette flame
Que vos attraits puissants ont fait naistre en
   mon ame.
                    C E

CEPHISE.

Vous sçauez que l'amour ne vient pas comme on
   veut
Et qu'on est innocent quand on fait ce qu'on peut,
Ie fais tous mes efforts pour n'aimer plus Alcãdre
Ie voudrois pour vous seul que mon cœur eũst du
   tendre
Ie connois bien que i'ay des sentiments trop bas
En aimant vn obiet auquel ie ne plais pas.
Et que c'est luy donner vn peu trop d'auantage
Que de brusler pour luy lors qu'vn autre l'angage.
Mais ie ne puis dompter mon inclination,
Quand on sent de l'amour l'ardente passion,
En vain de ses rayons la raison nous esclaire
On veille seulement au seul dessein de plaire.

FILEINE.

Puisque de vostre amour vous connoissez l'abus,
Vous deuriez fuir Alcandre & le haïr de plus.

CEPHISE.

Ce que vous proposez m'est du tout impossible,
Tel est de mon dessein le decret inflexible
Qu'Alcandre soit aymé, bien qu'il ne m'ayme pas
Et que ie sois à luy iusques à mon trespas.

FILEINE.

Sõgez encor vn coup au tort que vous vous faites,
Pourquoy sur vn ingrat pretendre des conquestes,
Et d'vn fidelle amant dedaignant les aduis
D'vn cruel chaque iour s'attirer le mespris.
Regardez dans mon ame adorable Cephise
Les transports dont pour vous elle se trouue
   esprise.

Su

Sur mon ardent amour daignez ietter les yeux
Prenez quelque pitié de mon fort rigoureux,
Et mettant entre-nous la iufte difference
A qui vous aimez plus donnez la preference.

CEPHISE.

Ie vous l'ay déja dit que vous auiez raifon,
Mais vos difcours pour moy ne font pas de faifon,
Ie ne fçaurois changer, adieu.

SCENE IV.

FILEINE.

Le fort eftrange
Cephife fous fes loix par fes charmes me range
Elle cherit Alcandre,& malgré fes mefpris
Alcandre pour Dorine à fon tour eft épris.
Dorine aime Bradonte , & d'vne mefme flame
Felicie à Bradonte ofte le cœur & l'ame.
Et fans prendre aucun foin ny peine ny fouci
Felicie de moy fe fent charmée auffi.
Quel parti iufte Ciel en cette affaire prendre,
De quel cofté mon cœur faut-il qu'il s'aille rendre,

SCENE. V.

FILEINE, BRANDONTE, ALCANDRE.

BRADONTE.

Nous croyons de pouuoir les atteindre icy
    prés,
Mais nous auons eu beau tous deux leur courre
    apres.
A la faueur du bois elles se sont cachées,
Et tousiours vainement nous les auons cherchées.

ALCANDRE à *Fileine*.

Et la belle Cephise auprés de vous n'est plus.
FILEINE.
I'ay fait pour l'arrester des efforts superflus.
ALCANDRE.
Tous trois pour les trouuer prenons diuerse route,
A moins d'vn grand mal-heur nous les verrons
    sans doute;
Ie vais de ce costé tourner viste mes pas. *Il sort.*
FILEINE.
Et moy de celuy-cy pour ne les manquer pas.*Il sort*
BRADONTE.
Que vois-ie? c'est Dorine, ô la rude rencontre
D'abord que cet obiect deuant mes yeux se montre
I'entre en courroux.   *Il sort sans faire semblant*
                    D'apperceuoir Dorine.
                        SCEN

SCENE VI.

DORINE , BRADONTE.

DORINE.

Ie crois que Bradonte me fuit.
Helás en quel eſtat ma flame me reduit.
Il s'é va cet ingrat, il faut que ie l'appelle.
Bradonte, il vous ſied mal d'auoir l'ame cruelle.
Touſiours pour vne fille vn homme à du reſpect
Et c'eſt en auoir peu de fuir à mon aſpect.
Il eſt certain milieu qu'il eſt bon que l'on prenne
Auant que tout à fait au meſpris l'on en vienne.
Voſtre ſexe ie crois peu fecond en beauté
N'a pas droit deſſus nous d'vſurper la fierté,
Et pour quelque faueur que le noſtre luy faſſe
A faire le cruel il n'a pas bonne grace.

BRADONTE.

Moy faire le cruel, ie ne le pretends pas,
Et ſi ie m'en allois, c'eſt pour ſuiure les pas
D'Alcandre & de Fileine, afin de les atteindre.

DORINE.

Ceſſez ceſſez Bradonte auecque moy de feindre
Ce cœur où ie pretens trop fier de la moitié
Se rit de ma tendreſſe, & de mon amitié,
Et pouſſant des ſoupirs pour ma ſœur Felicie
Regarde ſans pitié ma languiſſante vie.

B 2

BRADONTE.

Felicie il eſt vray forme tous mes deſirs
Sans elle ie n'ay point de ſolides plaiſirs
Mes feux vous ſont connus vous les ſçauez Dorine
Et pluſtoſt que changer ie verrois ma ruine.

DORINE.

Tigre ne vois-tu pas que l'obiet de ta foy
Ne ſent que de la haine & du meſpris pour toy
Et que dans mes attraits aſſez puiſſants pour plaire
Tu pourras rencontrer dequoy te ſatisfaire
Si tu quittes l'obiet à ta perte animé
Pour n'aymer que celuy dont tu te ſçais aimé.

BRADONTE.

Mes yeux ſont aſſez bons pour deſcouurir vos
   charmes
Mais quand vous y ioindriez des ſouſpirs & des
   larmes
Felicie en ſes fers m'ordonne de mourir
Et mon mal eſt trop grand pour en pouuoir guerir
Ie n'en ſuis pas blaſmable & comme pour Alcandre
Voſtre cœur obſtiné ne peut ſentir du tendre.
Le mien auſſi ne peut en conceuoir pour vous
Tel eſt le grand pouuoir que le ſort à ſur nous.

DORINE.

Lors qu'à mon tendre amour la pitié tu refuſes
C'eſt donc ſur le deſtin ingrat que tu t'excuſes
Et ſans vouloir pour moy faire le moindre effort
Pour tè iuſtifier tu m'allegues le ſort.

BRADONTE..

Enfin quoy qu'il en ſoit l'aimable Felicie

A feule les bautés dont mon cœur fe foucie. *Il fort.*

DORINE *feule.*

Alcandre entre qui efcoute ce qu'elle dit.

Quelle fatale loy nous oblige d'aimer
Et contraint vne fille à fi fort s'enflamer
En noftre fexe on voit affez d'autres foibleffes
Sans le defpit de voir mefprifer nos careffes.

SCENE VII.

ALCANDRE, DORINE.

ALCANDRE.

BElle Dorine helas que ne m'en faites vous,
Que ie ferois heureux d'auoir vn fort fi doux,
Rien qui foit fous le Ciel n'efgaleroit ma gloire
Si fur vous i'emportois vne telle victoire.

DORINE.

Que ne l'emportez vous ie ne l'empefche pas,
Changez vous en Bradonte & prenez fes appas.
A ce prix feulement l'amour peut dans mon ame
Infpirer les ardeurs d'vne bruflante flame.
Vous fçauez à prefent ce qui peut me charmer
Seruez-vous en Alcandre & faites vous aimer.

ALCANDRE,

Ioindre la raillerie au tourment qui m'accable
C'eft vouloir infulter aux maux d'vn miferable.

B 3

Pour oſter à mes feux toute ſorte deſpoir
Vous voulez vn effort qui paſſe mon pouuoir.
Comment puis ie d'vn autre emprunter la figure?
Peut-on changer ainſi ce qu'à fait la nature?
Mais ſans me transformer en Bradonte au-
    iourd'huy
Ie puis faire pour vous bien plus d'effort que luy,
Bien loing de vous aymer Bradonte vous mes-
    priſe
Il ſe rit de l'ardeur dont voſtre ame eſt épriſe
Et moy ie ſens pour vous & la nuict & le iour
Tous les tranſports ardents d'vn violent amour,
Sans ceſſe ie languis ſans ceſſe ie ſoûpire
Et mon cœur accablé du poids de ſon martire
Au milieu de ſes maux paroit encor content,
Regardez ſi Bradonte en pourroit faire autant.

DORINE.

Alcandre ie vous plains & voſtre amour extréme
Exige que mon cœur y reſponde de méme.
I'ay du regret de voir que vos ſoins aſſidus.
A cauſe d'vn ingrat ſoient touſiours mal reçeus,
Mais ceſſez deformais de prendre tant de peine,
Que l'objet de vos feux le ſoit de voſtre haine.
Voſtre cœur irrité de tant d'ennuis ſouffers.
Vous deuroit obliger à rompre tous vos fers.
Et pour faciliter cette iuſte entrepriſe
Ie vais vous laiſſer ſeul auec ma ſœur Cephiſe

SCENE

SCENE VIII.

ALCANDRE, CEPHISE.

ALCANDRE.

AH quel rude tourment.

CEPHISE.

Qu'auez-vous cher Alcandre.
Quel eſt voſtre chagrin voudrez-vous me l'ap-
prendre
Et ſi de moy deſpend voſtre ſoulagement
Il ne ſera beſoin d'attendre qu'vn moment.

ALCANDRE.

De tant d'attraits puiſſants le Ciel vous à pour-
ueüe
Que tout mon deſplaiſir s'enfuit à voſtre veüe,
Et de mon triſte cœur le plus cuiſant ſoucy
S'eſt diſſipé d'abord en vous voyant icy.

CEPHISE.

Parlez moy franchement, & d'vne ame ſincere
Dittes moy dans ce iour ce qu'il faut que i'eſpere,
Il eſt temps que ie ſçache en quel lieu voſtre cœur
En deſpit de mes ſoins a trouué ſon vainqueur.
Sans doute que Dorine auec ſes diuers charmes
A voſtre cœur rebelle a fait rendre les armes,
Et les ſoins que i'ay pris pour me le captiuer

Ne m'ont feruy,ie crois,qu'à m'en plûtoft priuer.

ALCANDRE.

C'eft me faire Cephife vne cruelle iniure
En m'accufant ainfi d'vne telle impofture.
Ie vous ay dit fouuent que pour nulle beauté
Mon cœur n'auoit perdu fa chere liberté
Ou fi dans quelque temps il fe donnoit vn maiftre
C'eft feulement pour vous que cela pourroit eftre.
Apres ce doux adueu que ie repete encor
Vous pouuez à l'efpoir donner vn libre effor.

CEPHISE.

Quoy que de vos difcours l'affeurance foit gran-
de,
Dorine me fait peur toufiours ie l'apprehende,
Et fi deffus ce point mon efprit n'eft trompé
Pour elle ie vous vois plus que pour moy frapé.

ALCANDRE.

Vous croyez que ie parle auec peu de franchife
Et que pour vous tromper ma flame fe defguife,
Non non belle Cephife & mon langage ouuert
Vous montre entierement mon ame a defcouuert,
D'vn fi noir crime à tort voftre efprit me foup-
çonne.

CEPHISE.

Helas c'eft mon amour qui ces foupçons me don-
ne
Quand d'vn feu violent on fe fent enflamé
A la moindre apparence vn cœur eft allarmé.
Il s'efpouuante, il craint, & dans fon mal extremé
Il arriue fouuent qu'il a peur de luy-mefme.

AL

ALCANDRE.

Quittez ces vains foupçons, ie vous donne ma foy
Que fi dans quelque temps l'amour me fait la loy
Il faudra que ce foit dans vos fers qu'il m'engage,
Et que de voftre main ma prifon foit l'ouurage.

CEPHISE.

Sonuenez-vous du moins que i'y mets mon
efpoir.

ALCANDRE.

Ceffés d'apprehender ie feray mon deuoir. *Il s'é va*

CEPHISE. *feule.*

Toufiours deuant mes yeux l'image de Dorine
Me dit que c'eft en vain qu'en mes feux ie m'ob-
ftine,
Et qu'Alcandre pretend par fon flatteur difcours
A mes ennuis preffans donner quelque fecours.

❦❦❦❦❦❦❦❦❦❦❦❦❦❦❦❦❦❦❦❦❦❦❦

SCENE IX.

FILEINE, CEPHISE, FELICIE,

FILEINE.

IE ne puis vn moment me paffer de Cephife
La voicy, quel bon-heur, elle paroit furprife.

CE

CEPHISE *bas.*

Que de fafcheux difcours cet homme me dira
Mais Felicie vient qui m'en deliurera.
Ie me vais retirer.

FELICIE.   *Elle arrefte Fileine qui*
veut fuiure Cephife.

Ie vous cherche Fileine
Pour m'ofter vn fouci qui me fait de la peine.
I'ay fçeu que voftre cœur pour Cephife enflamé
Afpiroit au plaifir d'en eftre vn iour aimé,
Et faifant peu de cas des ardeurs de mon ame
Que vous alliez changer d'obiet comme de flame.
Cependant depuis peu par de facrez ferments
Vous iuriez que pour moy vos feux feroient cõ-
    ftants,
Que du fort & du temps la puiffance fupreme
Ne pourroit esbranfer voftre conftance extreme.

FILEINE.

Si voyant les artraits qu'en vous le Ciel a mis
De vous aimer toûjours mon cœur vous l'a promis
Penfez-vous que ie veüille auiourd'huy m'en def-
    dire
Et que mõ cœur foit las d'eftre fous voftre empire.

FELICIE.

En vain d'vn doux efpoir vous me voufez flater.
Cephife a des appas que ie dois redouter.
On dit que quelque ardeur que voftre ame me iure
Ie pourrois deuenir le iouet d'vn pariure.
Des gents que ie cheris me l'ont dit en fecret
Et ie le tiens d'vn lieu qui ne m'eft pas fufpet.

FILEI

FILEINE.

Ces gens dont vous parlez ont-ils la connoiſſance
De l'ardeur dont pour vous ie ſens la violence ?
Dans le fonds de mon cœur quelqu'vn eſt-il entré?
Pour ſçauoir de quels traits il ſe ſent penetré.
Vous ſeule pouuez voir dans mon ame charmée,
Et pour tout autre obiet, la porte en eſt fermée.

FELICIE.

Il ne faut point d'vn cœur penetrer les dedans
Pour connoiſtre l'obiet de ſes deſirs ardents,
Il ne faut qu'vn ſoupir; il ne faut qu'vne œillade
Pour iuger de l'ardeur qui l'a rendu malade.
L'ame dans cet eſtat fait mouuoir des reſſors
Qui donnent de ſon mal des marques au dehors.
Nous auons beau cacher le tourment qui nous
    bleſſe
Il paroit toſt ou tard malgré noſtre fineſſe,
Et comme pour Cephiſe on a veu vos grands ſoins,
Les gens qui de leurs yeux en ont eſté teſmoins
De m'en faire aduertir ſe ſont donnez la peine,
Pour vous iuſtifier que direz-vous Fileine,

FILEINE *bas.*

Elle ſçait tout ô dieux comment parer çe coup.

FELICIE.

Vous eſtes interdit.

FILEINE.

Si ie le ſuis beaucoup
En voyant vos ſoupçons n'ay-ie pas lieu de l'eſtre.
La crainte de paſſer prés de vous pour vn traiſtre
Rend mes ſens interdits & mon eſprit confus.
                                        FELI

FELICIE.

Parlez à cœur ouuert ne diſſimulés plus
Sentez-vous pour Cephiſe vne preſſante flame ?

FILEINE bas.

Que feray ie, faut-il luy deſcouurir mon ame ?

FELICIE.

Ne parlerez-vous point, faut-il vous l'ordonner
Dites tout ſeulement, ie puis vous pardonner.

FILEINE.

Puiſque vous m'ordonnez que d'vn aueu ſincere
De ce qu'on vous à dit i'explique le miſtere.
Cephiſe ſur mon cœur à le droit de regner
Le ſort à la ſeruir m'a voulu deſtiner,
Et quoy que ſous ſes loix ie ſouffre vn grand mar-
tire
Ie ne puis me ſouſtraire au ioug de ſon empire.

FELICIE.

Perfide voila donc l'effet de tes ſerments
I'en ay bien fait touſiours de mauuais iugements,
Mais cette viue ardeur qui me tenoit épriſe
Rendoit à tes diſcours mon ame ſi ſoumiſe.
Que ſans pouuoir oſer me defier de toy
Mon amour aueuglé s'endormoit ſur ta foy.
Combien de fois ta bouche à la fourbe obſtinée
M'a dit que ſous mes loix ton ame empriſonnée
Dedaigneroit pour moy la fortune & ſes biens
Et ſe moquoit de tout pour viure en mes liens.
Quand l'amour dans nos cœurs s'eſt fait vne ou-
verture
Qui croiroit qu'vn amant euſt l'ame d'vn pariure!

A croire

A croire ſes ſerments noſtre eſprit ſe roidit.
Quoy qu'il en diſe trop on croit tout ce qu'il dit.

FILEINE.

Afin de vous oſter l'afliction mortelle
De voir à vos deſirs mon ame ſi rebelle
I'ay voulu vous cacher mes ſecrets ſentiments
Et pour le faire mieux j'employay des ſerments,
Pour ſoulager l'ardeur en voſtre ame enfermée
Ou de force ou de gré vous vouliez eſtre aimée,
Vous m'en preſſiez ſi fort que pour vous ſecourir
Ie iuray que pour vous i'eſtois preſt à mourir
Iugez apres cela ſi ie ſuis tant coupable
Et ſi mon procedé n'eſt pas fort raiſonnable.
Mais ſi par tous les ſoins d'vne tendre amitié
Vous.....

FELICIE.

Va porter ailleurs tes ſoins & ta pitié.
Ie ſuis de tes meſpris tellement indignée
Que quand à mille morts ie ſerois condamnée
On m'y verroit courir pluſtoſt que de t'aimer
Et conſeruer ce feu dont tu ſçeus m'enflamer.
Qu'à de rudes tourments ma paſſion m'engage
Ie me ſens des tranſports qui vont iuſqu'à la rage
Et peu s'en faut ingrat qu'afin de me vanger
Auec mes propres mains ie n'aille t'égorger.
Mais à quoy peut ſeruir l'ardeur où ie m'emporte
Qu'il aime ailleurs ou non mon ame que t'importe
Laiſſe agir ſes meſpris laiſſe libre ſon cœur
Car il aime Cephiſe & Cephiſe eſt ma ſœur.
Sous ces arbres touffus qu'on voit icy ſans nombre
Ioüiſſons s'll ſe peut du repos & de l'ombre.....

SCENE X.
BRADONTE, FELICIE,
BRADONTE.

C'Eſt vn ſi grand bon-heur que celuy de vous voir
Que ie n'oſois ſi toſt m'en promettre l'eſpoir,
Apres que bien long-temps mes yeux vous ont cherchée
I'ay cru que pour me fuir vous vous eſtiez cachée
Et d'vn ſi grand mal-heur ſans accuſer le ſort
C'eſt à mes defauts ſeuls que i'en donnois le tort.

FELICIE.

Quand on a prés de ſoy quelque homme de merite
Pour euiter ſa veuë on ne prend pas la fuite.
Ie cheris vn peu trop le plaiſir de vous voir
Pour oſer m'en priuer quand ie le puis auoir.

BRADONTE.

Mais cependant tantôt i'en veu le contraire
Afin que j'euſſe en moy des charmes pour vous plaire
Il faudroit que le Ciel prodiguant ſes treſors
Me voulut reformer & l'eſprit & le corps,
Et pour vous dire tout quand vous voyez Fileine
Ma preſence auſſi-toſt met voſtre ame à la geſne.
Il a l'air ſi galand & l'eſprit ſi bien-fait

Que

Que tout autre apres luy vous choque & vous
   desplait.

FELICIE.

Ie sçay sur ce subiet ce que vous pouuez dire,
Mais croyez vn peu moins l'ardeur qui vous ins-
   pire.
De Fileine & de vous ie fais vn pareil cas.
Tous deux ie vous estime & ne le nie pas.
S'il faloit sur ce point vous ouurir ma pensée
Mon ame dans ce choix seroit embarrassée,
Car trouuant en vous deux vn merite fort grand
Vous tenez dans mon cœur en tout vn mesme
   rang.

BRADONTE.

Neantmoins quelque soin que vostre amour se
   donne
Afin de n'estre pas apperçeu de personne
Vous montrez pour Fileine vn tel empressement
Qu'à moins d'estre sans yeux on le voit aisement.
Quand aupres de quelqu'autre vn pur hasard vous
   place
Vous réuez aussi-tost vous faites la grimace.
Vostre teint deuient pasle & changeant de couleur
Il montre de vos feux quelle en est la grandeur.

FELICIE.

C'est me traiter fort mal, entendez-vous Bradonte,
Quoy de mes actions vous viendrez tenir compte
Quel droit auez-vous donc de tant m'examiner?
A ne voir que vous seul voulez-vous me gesner ?

BRADONTE.

Ie vois bien ce que c'est, iusqu'où tend vostre feinte

Vous-voulez de vos feux me defguifer l'atteinte,
Et d'vne politique employant les détours
De ma jaloufe humeur borner le trifte cours.
Mais il faut fi ie puis de mes feux trop fideles
eftouffer dans mon cœur iufques aux eftincelles,
Et deuffay-je mourir en ce hardy deffein
Ie me veux arracher cette flame du fein.

FELICIE.

I'y confens,& le Ciel me fait beaucoup de grace
D'vn homme comme vous quand il me debar-
raffe.

BRADONTE.

Ne nous efloignez pas,pardon, ie me defdis.

FEILICIE.

Non non il faut changer vous me l'auez promis.

Fin du premier Acte.

ACTE

ACTE SECOND.

SCENE PREMIERE.

ALCANDRE, FILEINE, BRADONTE,

ALCANDRE.

D A N s les chagrins preſſants ou me met
    ma diſgrace,
    Où dois-ie me tourner que faut-il que
    ie faſſe.
Ie ne puis de Dorine auoit vne faueur,
Elle voit ſans pitié l'excez de ma douleur,
Et ie ſçay comment enuers elle me prendre
Pour obliger ſon cœur à mes veux de ſe rendre.
Bradonte en eſt la cauſe & c'eſt luy ſeulement
Qui met à mon bon-heur vn long retardement
Si vous vouliez pour moy, touché de ma miſere
Faire voir à Dorine vn viſage ſeuere,
Peut eſtre qu'en voyant quels ſeroient vos rebus,
De vous plaire ſon cœur ne s'efforceroit plus.

BRADONTE.

I'ay contre vous Fileine à me plaindre de meſme
Felicie a pour vous vne tendreſſe extreme
Et ſi par vos deſdains vous ne la rebutez
Mes vœux ſeront touſiours par elle mal traittez.

FILEINE.

Nos maux côme ie vois ont bien de reſſemblance,
Car des feux dont ie ſens l'extreme violence.
Cephiſe en eſt l'obiet,& ſi malgré les ſoins
Que ie prends de luy plaire elle m'en aime moins
Alcandre eſt vn eſcueil où tout mon art eſchoüe
Ie ne le ſçay que trop,c'eſt vous ſeul ie l'auoüe
Qui depuis bien long-temps retenans dans vos fers
Celle qui fait mes veux , que i'ayme & que ie ſers,
Rendez mon infortune à nulle autre pareille.

BRADONTE.

Suiurez-vous vn deſſein que l'amour me conſeille
Puiſque de meſmes maux tous trois nous nous
    plaignons,
Qu'en vain pour eſtre aimez tant de ſoins nous
    prenons
Pour adoucir dans peu le mal qui nous poſſede
Ie viens de rencontrer vn aſſeuré remede.
Et ſans nous amuſer à plus long-temps languir
Il faut vtilement tous trois nous en ſeruir.
Fileine ie vous vois pour l'aimable Cephiſe
L'ame toute de feux & fortement eſpriſe.
Alcandre auſſi pour vous Dorine a des attrais.
Dont le doux hameçon vous retient pour iamais
Et pour moy dans mon cœur ie ſens pour Felicie,
D'vn eternel amour la puiſſance eſtablie.
Sçauez-vous ce qu'il faut faire pour eſtre aimez
Il faut fuir les obiets qui de nous ſont charmez,
Et de leur fole ardeur leur donnant de la honte
Vn chacun meſpriſer celle qui nous en compte.

FILEINE.

Ce conſeil ſera bon, on n'en doit pas douter.

Sans

Sans tarder dauantage il faut l'executer.
Faites voir à Cephise vne haine si forte
Qu'à vous parler iamais sa langue ne s'emporte.
Montrez luy de son cœur qu'elle est la lascheté
De poursuiure vn obiet dont on est rebuté,
Et d'vn cruel desdain faisant voir l'apparence
Dites que de son cœur la flame vous offense.
Que vous ne pouuez plus à vos yeux la souffrir,
Et qu'ailleurs ses beautés doiuent s'aller offrir.

ALCANDRE.

Si i'en disois autant i'irois iusqu'à l'outrage,
A la traitter si mal ma bouche ne s'engage :
Mais il suffit pour vous que ne l'écoutant pas
Ie l'oblige à porter en d'autres lieux ses pas.
Quand son cœur de ses feux viendra me faire
    montre
Auec beaucoup de soin ie fuiray sa rencontre.
Et me tournant alors de quelqu'autre costé
Ie rompray le dessein qu'elle aura proietté,
Bradonte de vos soins en dois-ie autant attendre,

BRADONTE.

Ouy ie vous le promets laissez-moy faire Al-
    candre.
De Dorine ie vais si fort berner les feux
Qu'elle n'osera plus les montrer à mes yeux.
Aussi Eileine doit aupres de Felicie :.

FILEINE.

Ie feray mon deuoir sans que l'on me le die.
Courons executer nostre hardy proiet.
Afin qu'en peu de temps nous en voyons l'effet.

ALCANDRE.

Allons dans les endroits où seront nos cruelles
Voir qui sera plus fin, ou de nous ou bien d'elles.

SCENE II.

CEPHISE, FELICIE, DORINE,

CEPHISE.

LEs voilà qu'ils s'en vont sans prendre garde à
nous,
Ie vais leur courre apres.

DORINE. *arreste Cephise.*

C'est vn plaisir bien doux,
De pouuoir comme on veut suiure ce que l'on
ayme,
Mais comme la pudeur en nous doit estre extre-
me,
Nous deuons moderer mieux nostre affection
Et cacher s'il se peut nostre inclination.
Ils n'iront pas bien loing , ils nous cherchent ie
pense.

FELICIE.

Ils reuiendront icy, telle en est ma croyance.

CEPHISE.

Peut estre bien aussi que nous les manquerons.

DORINE.

Non non ne craignez rien & ie vous en responds
Puis qu'icy toutesfois nous nous trouuons ensemble.

Et que noftre amitié dans ce lieu nous affemble,
Difcourons à loifir de toutes nos amours
Et faifons nos efforts pour en rompre le cours.
De ceux que nous aymons nous fommes mal
    aymées,
De nos amants auffi nous fommes peu charmées.
Mettons-nous en eftat de les mefprifer tous,
Et moquons-nous de ceux qui fe moquent de
    nous.
Ie me vois fi fouuent de Bradonte outragée
Que par vn fort mefpris ie m'en veux voir vangée,
Plus vifte que la mort partout ie le fuiray
Et ce fera bien tard quand ie luy parleray.

CEPHISE.

Auant qu'à ce deffein, on me voit preparée
Ie voudrois d'vne chofe eftre bien affeurée,
Alcandre m'a iuré qu'il n'aimoit encor rien
Et qu'vn iour fi l'amour luy donnoit vn lien
Il faudra que ce foit dans mes fers qu'il l'engage
Et que de cette main fa prifon foit l'ouurage:
Ie crois qu'il ne ment pas.

DORINE.

                    Vous vous trompez ma fœur
Ceffez de vous flater d'vne vaine douceur.
Voulez-vous de fa fourbe auoir vn tefmoignage
Lifez dans ce billet.

CEPHISE *lit.*

N'aurez vous iamais pitié de ma flame charman-
te Dorine, & mefprirez-vous toufiours vn cœur
qui ne peut eftre qu'à vous. Cephife a fait auiour-
d'huy tout ce qu'elle a pû pour vous l'enleuer. Elle à
employé ce que l'amour a de plus tendre pour auoir
                                        de

de moy cette mesme pitié que ie demande de vous,
mais elle n'a rien obtenu, & non seulement ie vous
l'ay sacrifiée pour vous plaire, mais ie sacrifieray
aussi tout ce que i'ay de plus cher au monde.

Apres vn tel langage
I'ay de sa trahison l'esprit trop asseuré,
Que de fois deuant moy l'ingrat s'est pariuré.

DORINE.

Cephise il faut laisser la plainte & le murmure
Pour sortir promptement des liens d'vn pariure.

CEPHISE.

Ouy ie vais sur mon cœur faire vn si grand effort
Qu'il faut que ie guerisse, ou que ie vois ma mort.

FELICIE.

Pour moy quelque subjet que i'aye de me plaindre
La haine est vn effort où ie ne puis atteindre,
Tantost de le pouuoir ie me l'estois promis,
Mais helas quand on aime on change bien d'auis,
Ie trouue dans l'amour tant de quoy satisfaire
Que Fileine à mes yeux ne cessera de plaire.
Il à beau me hair, me fuir & moutrager
Ses dédains ne sçauroiët me contraindre à changer.

DORINE.

A nos iustes raisons si vostre cœur resiste
Et si tousiours vostre ame en son ardeur persiste,
Du moins mettons nos soins à chercher vn secret
Qui de nous voir hair nous oste le regret.

FELICIE.

Ie crois d'en auoir vn qui nous peut estre vtile.

CE

CEPHISE

Son execution eſt elle difficile.

FELICIE.

Non, il faut ſeulement d'vne exacte rigueur
Defendre à nos amants l'entrée en noſtre cœur,
De iamais eſtre aimez leur oſter l'eſperance,
Et meſpriſer ſi fort leur ardeur, leur conſtance
Que ſe voyans reçeus auec tant de deſdains
De ſe pouruoir ailleurs ils ſe trouuent contraints.
Cephiſe fera voir du meſpris pour Fileine
Dorine pour Alcandre eſtalera ſa haine,
Et Bradonte de moy ſera ſi mal traitté
Que de me rapprocher il ne ſera tanté.

DORINE.

Les voici de retour.

SCENE. III.

CEPHISE, FELICIE, DORINE, BRADONTE, ALCANDRE, FILEINE,

ALCANDRE *bas.*

Voilà bien nos Maiſtreſſes.
Souuenons nous du moins de toutes nos promeſſes.

Les hommes ſe rangent chacun prés de ce qu'ils ai-
ment

ment. *Alcandre se met prés de Dorine, Bradonte au-*
prés de Felicie & Fileine auprés de Cephise. Les fem-
mes à leur tour se mettent auprés de ce qu'elles ai-
ment, Cephise se met auprés d'Alcandre, Felicie au-
prés de Fileine & Dorine auprés de Bradonte &
apres auoir fait deux ou trois tours de cette sorte
Bradonte prend la parole le premier.

BRADONTE..

Nous deurions entre nous mediter quelque accord
Ou regler nostre choix comm'en dira le sort.
Pour d'autre que pour vous charmante felicie
Fileine voit son ame en des fers asseruie,
Et malgré tant de vœux sur vostre amour fonder
Il n'a pas le penchant que vous en attendez.
Il se rit de vos feux & de vostre martire,
Il se plait à languir dessous vn autre empire.
Au defaut de son cœur ie vous offre le mien,
Acceptez-le par grace & mesprisez le sien.

FELICIE.

D'vn amant comme vous i'approuuerois la flame,
Moy qui ne sens pour vous que du mespris dans
    l'ame.
Qui me verrois plustost de mille morts perir
Auant qu'à vostre amour on me fit consentir.
Non non ne pensez pas que i'aye la bassesse
D'accepter vostre cœur, de m'en rendre Maistresse
Vous estes vn objet pour moy tant odieux
Que pour vous euiter i'irois en mille lieux.
     Elle se tourne vers Fileine.
Que ne vois-je pour moy trop aymable Fileine
Vostre ame souspirer sous l'amoureuse chaine,
A vos ardens soûpirs sans me le demander
Vous me verriez d'abord toute chose accorder,

Fau

Faut-il que voſtre cœur à mes vœux inſenſible
Se rencontre pour moy touſiours innacceſſible.

F I L E I N E.

Laiſſez-moy ie vous prie en vn profond repos,
Ie ſouffre en vous voyant vne chaiſne de maux.
Il ſe tourne vers Cephiſe.

C E P H I S E.

Ne pretendez vous pas du feu qui vous deuore,
Pour me faire mourir m'entretenir encore.
Ne connoiſſez-vous pas que cela me deſplait.

F I L E I N E.   *Il arreſte Cephiſe qui veut*
aller vers Alcandre.

Vn mot belle Cephiſe & ie ſuis ſatisfait.
De ces feux violens dont mon ame eſt bleſſée,
Auez-vous du ſubiet de vous voir offenſée.
Les Dieux dans nôtre amour reçoiuent des plaiſirs,
Ils aggréent nos vœux , nos larmes, nos ſoûpirs :
Et comme on trouue en vous leur plus parfaite
    image,
Vous deuez de mon cœur receuoir l'humble hom-
    mage.

C E P H I S E.

Comme les Dieux auſſi de nos vœux indiſcrets
Se trouuent tres ſouuent las & mal ſatisfaits,
Pour les voſtres ie ſens vne haine inuincible,
Lt plus ie les verray moins i'y ſeray ſenſible.
    Elle va vers Alcandre.
Alcandre ce billet de voſtre main ſigné
Montre qu'auec raiſon ie vous ay ſoupçonné.
Ayant de voſtre fourbe vn ſi fort teſmoignage
Ie deurois de ma haine écouter le courage.

Tantoſt mon triſte cœur de dépit enflamé
Se ſentoit au courroux fortement animé
Mais quand l'amour chez nous à pû prendre vne
place,
La haine en peu de temps de noſtre eſprit s'efface.
Bien loing que contre vous mon cœur ſe trouue
aigry,
Ie le ſens ce me ſemble encor plus attendry :
Le cruel dans ſon cœur ſe rit de mon martyre,
Et pour m'accabler mieux, il ne me veut rien dire.

DORINE à *Bradonte*.

C'eſt faire en mon eſprit vn effort ſurprenant
De vouloir de mes feux vous parler maintenant
Ie ſçay qu'à mes deſirs voſtre ame peu propice
Va de mon cœur ardent haïr le ſacrifice.

BRADONTE.

Si c'eſt vn grand effort, pourquoy le faites-vous
En effet ce langage excite mon courroux.
Vous feriez beaucoup mieux pour touſiours de
vous taire
Que de faire vn adueu qui ne ſçauroit me plaire
Vous auez dans Alcandre vn amant ſi parfait
Que voſtre cœur deuroit en eſtre ſatisfait.
Sans vous il ne ſçauroit gouſter aucune ioye
Donnez-luy voſtre amour, à luy ie vous renuoye

DORINE.

Peut-on voir vn orgueil plus rude que le ſien
Mais n'en murmurons pas, ie le merite bien.
Ie ſouſtenois tantôt que d'vne fille ſage
La modeſtie eſtoit la regle, & le partage,
Helas de ſon deuoir c'eſt s'oublier bien-toſt :
Mais quãd l'amour agit fait-on tout ce qu'il faut
ALCAN

ALCANDRE *à Dorine.*

Bradonte doit pour vous eſtre vn obiet de haine,
Pour vous en faire aimer vous perdez voſtre peine,
Il vous hait, il vous fuit, & d'vn œil ſans pitié,
Il voit de voſtre cœur la ſincere amitié.
Quelque beauté qu'en vous le ciel faſſe paroiſtre,
Il tiendroit à meſpris d'en deuenir le maiſtre,
Et malgré tant d'atraits, ne vous figurez pas
Que pour les poſſeder il voulut faire vn pas.
Faut-il de ſes dedains vous voir toûjours la proye,
Mon cœur de vous vâger vient vous offrir la voye.
Daignez de ſon ardeur eſcouter le tranſport
Par grace ou par pitié faites changer ſon ſort.
Il eſt à vous Dorine & deſſous voſtre empire
Depuis prés de deux ans vous ſçauez qu'il ſoûpire.
Quelquefois vos meſpris ioints auec ma raiſon
Me pouſſoient à chercher ailleurs ma gueriſon.
I'ay crû que des appas dont vous eſtes pourueüe,
Si j'euitois toûſiours la dangereuſe veüe
Mon cœur de vos deſdains indignement traitté
Se reuerroit bien-toſt en pleine liberté,
I'ay crû que des beautez dont vous m'auez ſçeu
    prendre
Peut-eſtre à l'auenir ie pourrois me deffendre,
Et qu'eſtant ennuyé des maux que i'ay ſoufferts
Le deſpit ſuffiroit pour ſortir de mes fers.
I'ay crû ſur vos attraits d'emporter la victoire
Mais helas qu'ay-ie fait ie n'ay fait que le croire,
L'ardante paſſion qui m'enflame le ſein
Ne m'en a ſeulement permis que le deſſein.
I'en eus bien le deſir, j'en eus bien l'eſperance,
Mais il faloit Dorine en auoir la puiſſance.
A vous eſtre ſoûmis mon cœur accouſtumé,
Ne peut ceſſer d'aimer l'obiet qui l'a charmé.

D 2

Il aime ſes liens quelque mal qu'il endure,
Il croit que ſa ſanté vaut moins que ſa bleſſeure.
Enfin depuis qu'il s'eſt rangé ſous voſtre loy
Il veut n'eſtre qu'à vous, & n'eſtre plus à moy.

DORINE.

Ie crois que vous parlez, & que voſtre langage
Montre les mouuements ou voſtre amour l'en-
gage.
Auant que de l oüir, ie m'en iray pluſtoſt.

Elles ſortent toutes trois.

SCENE IV.

FILEINE, BRADONTE, ALCANDRE,

ALCANDRE.

ELles ſe ſont ie crois toute donné le mot.

FILEINE.

Dans leur intention mon eſprit ne voit goutte.
Quelque bois les cachoit derriere nous ſãs doute,
Quand de noſtre deſſein le proiet medité,
Pour noſtre amour commū fur par nous concerté,
Quel eſtrange deſtin, quel malheur eſt le noſtre!

BRADONTE.

Ce projet eſchoüé cherchons en viſte vn autre.
L'Amour vient à preſent de m'en ſuggerer vn

Q

Qui de nous voir heureux nous asseure chacun.

ALCANDRE.

Leur haine à nostre espoir met vn trop grand ob-
stacle
Et pour changer leur cœur, il faudroit vn miracle.

BRADONTE.

Afin que sur ce point nostre amour soit contan
Il ne faut pour cela qu'implorer Forestan.
Sur elles comme pere il doit tenir l'empire
Il peut selon son choix leur volonté conduire,
Et faisant de son rang valoir l'autorité
Nous donner à chacun nostre ingrate beauté.

ALCANDRE.

Bradonte vous & moy qui n'auons point de pere
Qui gesne nostre choix par son pouuoir seuere,
Nous pouuons de nos cœurs disposer librement,
Mais il faut que Fileine en agisse autrement.

FILEINE.

Mon pere m'aime trop pour vouloir me con-
traindre;
Et de ce costé-là vous n'auez rien à craindre.
Il est vray qu'autrefois dans son auare humeur
Il m'eust pour ses tresors immolé de bon cœur:
Mais la raison de luy s'estant faite maistresse
Il ne sent plus pour moy qu'amour & que ten-
dresse.
Et de son amitié telle est la iuste loy
Que ie suis moins à luy qu'il ne depend de moy.
Allons sans differer tanter cette entreprise.

ALCANDRE.

Pour peu qu'en ce dessein le Ciel nous fauorise,

Nous pouuons à nos yeux voir vn heureux fuccèz.

B R A D O N T E.

A nos pretentions tout nous promet l'accez.
Nous auons de l'efprit, du cœur, & de l'adreffe
Et ce qui touche mieux nous auons la richeffe.

A L C A N D R E.

Il ne faut point douter que Foreftan rauy
Pour fes filles en nous de trouuer vn mary,
A nos defirs preffans au pluftoft ne fe rende
Et qu'à nous receuoir fon ardeur ne foit grande.

B R A D O N T E.

Il faut mettre par là quelque fin à nos maux.

F I L E I N E.

Le Voicy le bon homme il vient fort à propos.

B R A D O N T E:

Qui voudra le premier d'vne telle auanture
Aller à ce vieillard luy faire l'ouuerture.

A L C A N D R E:

Moy fi vous le voulez

B R A D O N T E.

De bon cœur i'y confens.

F I L E I N E

Le pluftoft c'est le mieux, ne perdons point temps.

SCEN

SCENE V.

FORESTAN., FILEINE, BRADONTE, ALCANDRE.

BRADONTE.

VOus venez Foreſtan dans cette ſolitude
De vos ſoins ménagers charmer l'inquietude.
L'eſprit dans le trauail le plus aſſuietty
A beſoin quelquefois d'eſtre vn peu diuerty.

FORESTAN.

Comme pour nos enfans la tendreſſe eſt extreme,
Nous trauaillons pour eux iuſques au tombeau
   meſme
Et ces ſoins aſſidus ne nous quittent iamais.
Que lors que de la mort les inuincibles trais
A nos yeux abattus enleuant la lumiere
Nous laiſſent pour iamais croupir dans vne biere.
Vn pere eſt obligé d'employer ſes vieux ans
Pour augmenter s'il peut le bien de ſes enfants,
A ce pieux deuoir la nature le pouſſe
Et c'eſt pour vn vieillard vne ioye aſſez douce
De voir par des treſors auec ſoin conſeruez,
Vn iour à la grandeur ſes enfans eſleuez.

FILEINE.

La fortune chez vous de tout remps fauorable

D 4

Rendra voſtre famille à nulle autre ſemblable.
L'abondance y paroit auec tout ſon eſclat
Et l'on n'en ſçauroit voir vne en meilleur eſtat.

ALCANDRE.

Il eſt vray qu'à Lyon il n'eſt maiſon aucune
Qui ne cede à la voſtre, en merite, en fortune.
On voit regner chez vous la dignité, le rang,
L'honneur, & la vertu, la Nobleſſe, & le ſang,
Et pour tout dire enfin trois filles ſans pareilles
Font que chez vous on trouue vn amas de mer-
ueilles.

FORESTAN.

A caioler les gens Alcandre accouſtumé
Rend ſuſpect le diſcours dont il s'eſt exprimé.
Ny mes filles ny moy n'auons pas l'auantage
De voir dans la famille vn ſi rare aſſemblage.

ALCANDRE.

Dans tout ce que i'ay dit il n'entre point de fard
Pour s'en perſuader il ne faut aucun art.
Si ſur ce point i'oſois vous ouurir ma penſée
Et le bruſlant amour dont mon ame eſt bleſſée …

FORESTAN.

Auec moy vous pouuez en vſer librement
Et vous me feriez tort d'en vſer autrement:
Et ſi ie puis Alcandre au mal qui vous poſſede
Par mes ſoins empreſſez trouuer quelque remede,
Vous n'auez qu'à parler, & pour vous ſecourir,
A pas precipitez on me verra courir.

ALCANDRE.

Puiſque de vos bontés l'obligeante promeſſe
Daigne

Daigne prendre pitié du foucy qui me preffe,
Ie vais auec vn cœur plein de fincerité
Vous parler des ennuïs ou le fort m'a ietté.
Auant que de Dorine auoir la connoiffance
Ie craignois peu l'amour & toute fa puiffance
Mon cœur contre fes traits fe trouuant endurcy,
Il ignoroit les maux de l'amoureux foucy :
Mais depuis que i'ay veu les charmes de Dorine
Son tein, fes yeux, fa taille auec fa bonne mine
Ie fus de fes beautés fi fortement efpris
Que malgré fes rigueurs & fon cruel mefpris
Ie luy iuray deflors que dans mon cœur pour elle
I'aurois iufqu'au cercueil vne flame fidelle.
Ainfi vous iugez bien que c'eft d'elle & de vous
Que defpéd auiourd'huy mon efpoir le plus doux,
Pour rendre entierement ma vie fortunée
Il faudroit qu'à mes vœux elle fut deftinée
Et que par vn himen fauorable à mes feux
Vos bôtés pour iamais nous ioigniffent tous deux.

FORESTAN.

Ie feray trop heureux d'auoir en vous vn gendre
C'eft pourquoy de mes foins vous deuez tout at-
tendre
Et pour vous obliger à vous fier en moy
De Dorine à prefent ie vous donne la foy.   *bas.*
Si les autres pouuoient prendre la mefme'enuie
Quel bon-heur ce feroit fur la fin de ma vie.

FILEINE.

Si i'ofois Foreftan d'vne telle faueur
A mon cœur enflamé promettre la douceur.
Pour Cephife ie fens vne fi viue flame
Que fi par vos bontés ie l'obtenois pour femme,
D'vn fi rare trefor me trouuant poffeffeur
Ie croirois paruenir au comble du bon heur.

FORESTAN.

Dedans mon alliance en me demandant place
C'eſt me faire Fileine vne trop grande grace,
Et ie me crois du Ciel eſtre le fauory
En trouuant pour Cephiſe vn ſi parfait mary.

BRADONTE.

Me vetray-ie le ſeul qui dans cette iournée
Ne voit pas au plaiſir ſon ame abandonnée,
Felicie en mon cœur par ſes diuers attraits
Inſpire des ardeurs à ne finir iamais.
Pour finir mon tourment ſi i'auois l'auantage
De pouuoir l'obtenir de vous en mariage.
Me voyant aſſeuré d'vn ſi precieux bien
Pour me rendre content.il ne faudroit plus rien..

FORESTAN.

Ce que vous demandez ie vous l'accordé encore.
D'vn bien ſi chèr pour moy voſtre deſir m'honore,
Qu'à moins qu'à mon bon-heur ie veüille m'op-
    poſer.
Ie ne puis à vos vœux vouloir rien refuſer.
De tous trois volontiers i'accepte l'alliance,
Et d'vn pere prudent employant la puiſſance
A mes filles ie vais commander en ce iour
Qu'elles ayent pour vous vn reciproque amour.

SCENE

✿✿✿✿✿✿✿✿✿✿✿✿✿✿✿✿✿✿✿✿✿✿✿✿✿✿

SCENE VI.

FILEINE, BRADONTE, ALCANDRE.

FILEINE.

A ce coup impreueu qu'elles feront furprifes
   Aux ordres paternels deuant eftre foumifes
Il faut de noftre amour qu'elles fuiuent les loix
Et fur noftre defir qu'elles reglent leur choix.
La vertu ne veut pas qu'vne fille raifonne,
Elle doit obeir quand vn pere l'ordonne.

BRADONTE.

Il eft vray que leur pere ayant efte gagné
Son defir de l'effet doit eftre accompagné
Et mon efprit douteux ne peut encor comprendre
Quel biais elles prendront pour s'en pouuoir def-
   fendre

ALCANDRE.

Ie crois que du deuoir en efcoutant la voix
Elles s'y refoudront fans peine toutes trois.
Voyons ce que pour nous Foreftan plein de zele
Aura fait pour changer leur humeur trop cruelle.

Fin du fecond Acte.

ACTE TROISIESME.

SCENE PREMIERE.

FORESTAN, CEPHISE, DORINE, FELICIE,

FORESTAN.

MEs filles efcoutez à chacune de vous
Ie pretends auiourduy de donner vn efpoux.

DORINE. *bas.*

Que la condition d'vne fille eft à plaindre
Quand au choix de fon pere elle fe doit contraindre.

FORESTAN.

Fileine eft le premier, Bradonte le fecond
Alcandre fuit apres, voila quel eft leur nom.
Fileine eft grand, bien fait, riche, & dans fa famille
Ie me tiens trop heureux de loger vne fille.
Bradonte a de l'efprit, il aime le traual
Et pour gagner du bien il n'a pas fon efgal.
Alcandre auffi me plait.

CEPHISE. *bas.*

  Que ma crainte eft extreme!
Qu'on ne me donne pas cefuy que mon cœur aime
    FORESTA

FORESTAN.

Hé bien vous voulez vous, mes filles, marier?

FELICIE.

Ie vous obeiray sans m'en faire prier.

FORESTAN.

Taisez vous, de vos sœurs vous estes la derniere,
Et cependant icy vous parlez la premiere.
Vne fille en ce temps pour ieune qu'elle soit
Ayme mieux vn mary que tout ce qu'elle voit :
A peine les voit-on sorties de l'enfance
Qu'il leur faut d'vn espoux procurer l'alliance,
Et si l'on ne se háte à leur en donner vn
De leur teste aussi-tost elles s'en font quelqu'vn,
A voir de vostre esprit la response empressée
Plus que vos sœurs on croit que vous estes
    pressée.

FELICIE.

Ce seroit vouloir faire vn mauuais iugement
Que d'auoir de mon cœur vn pareil sentiment:
Il faut à vostre voix respondre en diligence,
Pour montrer d'vn enfant l'exacte obeïssance.

FORESTAN.

On remarquoit en vous vn peu trop d'action
Pour croire que ce fut vne soumission.
Voyez vous s'il vous plait quand l'amour les
    conseille,
Comme pour vn espoux elles prestent l'oreille,
Felicie lequel choisiriez vous des trois,

FELICIE.

Mon desir dépendra tousiours de vostre choix

E

FORESTAN

Et vous Dorine à qui donnez vous voſtre eſtime,

DORINE.

De choiſir deuant vous ie croirois faire vn crime

FORESTAN.

Et vous Cephiſe, enfin auquel en voulez vous?

CEPHISE.

A celuy qu'on voudra me donner pour eſpoux.

FORESTAN.

Certes c'eſt pour vn pere, vn fameux auantage
De voir de ſes enfans la conduite ſi ſage.
Vos maris vous prenant trouueront vn treſor,
Vne femme ſoûmiſe eſt vne femme d'or,
Et qu'ils ſeront heureux de trouuer dans leur
     femmes
Tant de rares vertus & de ſi bonnes ames.
     En cét endroit Foreſtan apres auoir fait trois
quatre pas en réuant, il fait eſcarter ſes filles pour
pouuoir parler ſans eſtre ouy.
Demeurez-là, ie crains que pour cacher leur ieu
Leur ame en me parlant ne diſſimule vn peu.
Rarement aux enfans tant de reſpect on treuue
De leur ſoûmiſſion ie veux faire l'eſpreuue.
Ie crois que pour Dorine Alcandre à des attraits
Auttement de l'auoir, il n'euſt penſé iamais.
Cephiſe pour Fileine a de l'amour de meſme,,
On ne veut point de femme à moins qu'elle nous
     ayme.
Felicie ſans doute a pour Bradonte auſſi,
Dans le fonds de ſon cœur vn amoureux ſoucy,
          Bradonte

Bradonte auec ardeur me l'ayant demandée
Ma croyance en ce point se trouue bien fondée :
Car quand on veut s'vnir d'vn eternel lien,
On prend vne moitié qui nous cherisse bien.
Ie vais de leurs amants deguiser la demande,
Pour voir si d'obeir leur passion est grande.
Cephise, pour Alcandre auez vous du penchant :

CEPHISE *Elle sourit.*

A vostre volonté mon deuoir m'attachant.
Aux ordres de mon pere on me verra souscrire :

FORESTAN.

Voy d'où vient qu'elle rit , quoy qu'elle veüille
  dire,
Elle n'a pas subiet d'auoir l'esprit content,
Mais voyons si ces sœurs m'en diront tout autant.
Dorine dittes moy vous donnant à Bradonte
Pourriez vous bien trouuer dans ce choix vostre
  compte.

DORINE. *Elle sourit.*

Qu'il soit pour moy charmant, où qu'il soit sans
  appas.
Apres vos sentiments ne me consultez pas.

FORESTAN.

Celle cy rit encor, à l'autre, Felicie,
De voir Fileine à vous auriez vous quelque enuie,

FELICIE.

A ce que vous voudrez de bon cœur ie consens
Ie vous obeiray quand il en sera temps ,
Et bien que de mes sœurs ie me vois la derniere
A suiure vos aduis ie seray la premiere.

FORESTAN.

Qu'elles ont à la fourbe vn esprit bien adroit,
Pour feindre elles en ont iusques au petit doit.
Tousiours dans ses aduis ce sexe se desguise,
Et ce n'est pas pour luy qu'est faite la franchise

SCENE. II.

FORESTAN, CEPHISE, DORINE, FELICIE, BRADONTE, ALCANDRE, FILEINE.

FORESTAN.

Messieurs ie suis rauy de vous trouuer icy.

ALCANDRE.

De vous y rencontrer nous le sommes aussi

FORESTAN.

Puisque dans ma maison vous voulez prendre
place
Il faut qu'à vos souhaits bientost ie satisfasse.
Quel bon-heur de mes ans accompagne le poids
Ie marie auiourd'huy trois filles à la fois.
Pour chacune trouuant vn raisonnable gendre
Quel pere à mon destin a le droit de pretendre,
Mes filles sont à vous, Donnez moy vostre main
Pour vous vnir tous deux sous les loix de l'himen

CEPHISE.

Ie ne veux pas si-tost quitter vostre famille

Laiſſez-moy s'il vous plaiſt demeurer encor'fille.

FORESTAN.

Cephiſe d'où vous vient ce bruſque changement,
Ie crois que vous auez perdu le iugement.

CEPHISE.

Le mariage eſtant vn point de conſequence,
Il faut pour reuſſir que long-temps on y penſe.

FORESTAN.

Peut eſtre vous voulez me faire la leçon
Vous deuez m'obeir ſans faire de façon.
Car enfin ie le veux , il faut voir ſi Dorine
Contre mon ordre aura l'humeur auſſi mutine
Alcandre eſt voſtre eſpoux donnez luy voſtre foy.

DORINE.

Ie ne veux d'aucun ioug encor ſubir la loy;
Ie ne fais que de naiſtre & dans vn ſi ieune âge
Voudriez-vous me preſſer d'entrer en eſclauage.

FORESTAN.

Vous-vous moquez de moy,ma fille qu'eſt-ce cy
Vne fille ſoumiſe en vſe t'elle ainſi.
Felicie,& pour vous prendrez vous la licence
D'empeſcher que Bradonte entre en mon alliance.

FELICIE.

Pour me faire vn mary ie veux auparauant
Attendre que mes ſœurs ayent pris le deuant.

FORESTAN.

Mes filles eſt-ce ainſi qu'il faut traitter vn pere
N'apprehendez-vous point de me mettre en colere.

Et que voftre folie attirant mon courroux
Le bafton à la main ie me vange fur vous.
Comment vous m'oferez d'vne voix infolente
Refufer d'obeir & tromper mon attente.
Qu'ils foient aimez de vous , où qu'ils en foient
   hais,
Regardez les tous trois, ils feront vos maris.
Pour vn moment ou deux auec eux ie vous laiffe
Afin que dans vos cœurs ils mettent la tendreffe
Apres quoy ie reuiens, & ie pretends de voir
Chaque Fille rangée à fon iufte deuoir.
Malgré leur fier difcours vous n'auez rien à crain-
   dre
A faire leur deuoir ie fçauray les contraindre
A ce que ie promets fiez-vous feulement
Hola qu'on m'obeïffe & vifte & promptemenr.

SCENE III.

ALCANDRE, FILEINE, BRADONTE, CEPHISE, DORINE, FELICIE,

FELICIE.

Certes pour des amans voftre conduite eft
   belle:
Voftre amour vous a t'il fait perdre la cer-
   uelle.
Pour conquerir vn cœur qui refifte toufiours
   Faut-il de la contrainte employer le fecours.
Penfez-vous que ce foit vne affez douce amorce

Que de vouloir ainsi prendre les gens par force.

DORINE.

Alcandre dont l'esprit paroit si doucereux
faut-il à mes despends que vous soyez heureux
On diroit à le voir, qu'il est la douceur mesme
Et cependant par force il pretend que ie l'aime.
Comment gagner vn cœur dont on se fait hair
Comment pouuoit aimer quand on se voit trahir
Sçachant de m'offenser deuiez-vous l'entreprendre
Et le poignard au sein m'obliger à me rendre.

CEPHISE *à Fileine.*

Pour vous en qui le Ciel mit vn esprit brutal,
Doit-on estre estonné si vous faites du mal.
Dequelque astre malin la funeste influence
Exerçoit sur vos sens vne entiere puissance,
Lors que pour m'obliger à me donner à vous
Vous auez de mon pere emprunté le courroux
Vn amant qui connoit sa maistresse inhumaine
Prend-il pour estre aimé le chemin de la haine.
Pensans par ce moyen gagner nos amitiez
Vous vous faites hair plus que vous ne l'estiez.

FILEINE.

Depuis assez de temps ie nourris dans mon ame
Les bruslantes ardeurs d'vne amoureuse flame:
Pour en voir à la fin les feux recompensez.
Apres deux ans d'amour ie crois que c'est assez.
Quoy faut-il d'vn amant qui vit sous vostre em-
    pire
Tousiours auec aigreur receuoir le martyre
Et de tant de mespris regaler son tourment
Qu'il mette son espoir en la mort seulement,
C'est de vostre fierté porter trop loing l'outrage

E   4

De nous laiffer toufiours dans vn honteux feruage
Mes Dames vous portez le courage trop haut
Nous voulons vous apprendre à viure comme il
    faut
Et d'vn pere employant l'autorité puiffante
De nos feux mefprifez vanger l'ardeur preffante.
Car de fa volonté l'inflexible decret
Pour matter voftre orgueil vous tient lieu d'vn
    arret
Vous fçauez du deuoir. ....

CEPHISE.

                    Va tiran, va barbare,
Quelle aueugle fureur de ton efprit s'empare,
Mon cœur t'aborre trop pour s'adoucir iamais
Prend-moy fi de chez toy, tu veux bannir la paix

ALCANDRE *à Dorine.*

Quelle excufe trouuer adorable Dorine
Le tranfport violent qui fur mes fens domine
Et la nuit & le iour me priuant du repos
M'a contraint à chercher du remede à mes maux.
Pour ceffer de languir de mon ame irritée
I'efcouray folement l'ardeur precipitée.
Pour voir bien-toft la fin de mon cruel ennuy.
D'vn pere qui peut tout ie me gagnay l'appuy.
I'ay failly, ie l'auoüe, & pour punir mon crime
De vos iuftes rigueurs faites-moy la victime.
Vous tenez fur mon cœur vn empire abfolu
Vangez-vous c'eft affez de vous auoir deplu.

DORINE.

Quoy que de noftre amour la puiffance foit forte
Iamais iufqu'à l'offenfe vn amant ne s'emporte
Par de profonds refpects il doit flefchir vn cœur,

Et

Et non la force en main s'en rendre le vainqueur.
Afin que d'vn amant la conduite soit bonne,
Il doit prendre le cœur auant que la personne,
Car l'amour dessus nous n'a qu'vn foible pouuoir
Lors que l'on est contraint de s'aimer par deuoir.

BRADONTE à *Felicie*.

Estant prés du bon-heur ou mon desir aspire
Pour me iustifier ie n'ay rien à vous dire:
De vous auoir bien-tost ie me tiens asseuré
Vn pere l'a promis vn pere l'a iuré
Et vous ne voulez pas par vostre resistance
Voir d'vn pere en courroux esclater la vengeance:
Vn pere à ses enfans peut bien faire la loy.

FELICIE.

C'est ainsi que tu veux que ie me donne à toy?
Perfide, & tu pretends que pour te satisfaire
Il ne faut qu'employer l'autorité d'vn pere
Qu'vne fille reglant ses fœux par son deuoir
Ie dois malgré moy-mesme aller en ton pouuoir
Mais qui t'a dit cruel qu'en fille obeïssante
I'iray sans consulter m'offrir à ton attente.

BRADONTE.

Vn pere qui pour vous est bien à redouter
Ce qu'il veut il le veut il faut l'executer.

FELICIE.

Peut-estre faudra-t'il qu'excité de tendresse
Il laisse de mon cœur moy-mesme la maistresse.

BRADONTE.

Vn pere à ses enfans voudroit se voir soûmis,
Et manquer pour leur plaire à ce qu'il à promis.

FE

FELICIE.

D'vne telle bonté l'exemple n'eſt pas rare:
Vn pere enuers ſon ſang n'a pas l'ame barbare.

BRADONTE.

C'eſt à tous ſes enfans procurer vn grand bien
Que de regler touſiours leur choix deſſus le ſien.

FELICIE.

Mon pere m'aime trop, c'eſt ce qui me conſole

BRADONTE.

Il aime beaucoup mieux maintenir ſa parole.

FEILICIE.

Ie n'en crois pourtant rien , & là deſſus mon cœur
Malgré tes fiers diſcours ne ſent aucune peur.

BRADONTE.

Si pour voſtre mari l'on vous donnoit Fileine
Que feriez-vous encor , auriez-vous tant de peine.

FELICIE.

A la plainte ſouuent il t'a donne ſubiet,
Mais il t'en donnera plus qu'il n'a iamais fait.

BRADONTE.

Il vous aime beaucoup ſon ame vous adore.

FELICIE.

Peut-eſtre auec le temps il fera plus encore.

BRADONTE.

Ie ne ſçay , mais il eſt ſi geſné prés de vous
Qu'il fait voir que ſõ ſort ailleurs ſeroit plus doux.

FE

FELICIE.

Cela suffit pout moy qu'il te fait de l'ombrage.

BRADONTE.

Essuyer ses mespris , est vn bel auantage.

FELICIE.

I'aime mieux ses dedains que tes soins assidus.

BRADONTE.

Ie crois bien que pour luy vous feriez encor plus.

FELICIE.

Explique-toy meschant acheue ton ouurage.

BRADONTE.

Vous en dites assez en faut-il dauantage.

FELICIE.

Barbare ie m'en vais,ie ne puis t'escouter.

BRADONTE

Vous me faites plaisir,c'estoit trop m'arrester.

FELICIE *à Fileine.*

Vous voyez les rigueurs ou ma flame m'expose
Fileine & mon amour pour vous fait toute chose.
En voyant vn effort aussi grand que le mien
Oserez vous pour moy ne faire iamais rien.

FILEINE. *à Cephise.*

Peut-on voir sous le Ciel d'ardeur qui soit égale
A celle qu'à vos yeux mon triste sort estale.
Cependant sans pitié vous allez chaque iour
Brusler pour vn ingrat d'vn violent amour.

CE

CEPHISE *à Alcandre.*

Mon cœur assez long-temps animé par mon zele
Vous à montré l'excez de ma flame fidelle. . . . ,.

ALCANDRE *à Dorine.*

Ie ne demande rien , en l'estat où ie suis
Vous auez de mes feux assez reçeu d'ennuis,
Pour vous plaire ie vais sans nulle resistance
Ou mourir ou guerir dans vne longue absence.

DORINE *à Bradonte.*

Ie voudrois de mon cœur pouuoir regler l'amour,
Afin qu'il me donna moins de honte en ce iour.
Mais helas quand l'amour par ses charmes nous
donte,
Pour pouuoir estre heureux , ce n'est rien que la
honte.
Ce que de nostre sexe est tousiours craint le plus,
C'est de voir d'vn ingrat nos souspirs mal reçeus,

BRADONTE *à Dorine.*

Pourquoy m'aymer si fort, haissez-moy Dorine,

DORINE *à Alcandre.*

De vostre amour Alcandre arrachez la racine,

ALCANDRE *à Cephise.*

Cephise comme vn monstre ; il faut me regarder,

CEPHISE *à Fileine.*

Faites à vostre amour la haine succeder.
Et songeant aux malheurs ou vostre ardeur vous
mesme,
Tirez vous pour tousiours d'vne si rude chaine.
FILE!

FILEINE *à Felicie.*

Ma veuë vous deuroit enflamer de courroux,

FELICIE *à Bradonte.*

Et vous Bradonte en moy n'esperez rien pour
vous.

BRADONTE.

Quel bisarre ascendant sur nos amours preside
Qu'il faille malgré nous de nos feux qu'il decide,
Et que sans l'empescher il fasse en mesme temps
Autant de malheureux que nous sommes d'a-
    mants.
Tous six nous nous aimons, & tous six de la haine
Nous suiuons les penchants où son poids nous en-
    traine
La discorde en nos cœurs aussi bien que l'amour
Exercent leur pouuoir chacune tour à tour,
Il semble que l'amour se forme des delices
A nous faire esprouuer ses iniustes caprices.
Mais pourtant nous pourrions bien-tost nous ac-
    corder
Si quelqu'vne de vous vouloit s'incommoder
Et si d'vn prompt deuoir nous montrant le mo-
    dele
Son exemple entrainoit les autres aprés elle.

FELICIE.

Feriez-vous cet effort que vous nous proposez,
Voudriez-vous voir ainsi vos feux tirannisez,
Et cedant sans regret tout ce qui peut vous plaire
Nous montrer d'vn heros le brillant caractere.

FILEINE.

L'esclat de la fierté chez vous fait tant de bruit

E

Qu'on croit que tout est d'or ce qui dans vous
    reluit.
On ne voit parmi vous que des beautés cruelles;
Ou du moins au dehors elles paroissent telles.
Mais c'est mal conseruer ses beaux tiltres d'hon-
    neur
Que de ne pouuoir pas maistriser vostre cœur.
Permettre que vos sens emportent la victoire
C'est donner laschement atteinte à vostre gloire

DORINE.

L'homme de son esprit se fait par tout si fort.
Quoy dans l'occasion il broncheroit d'abord?
Comment ne peut-il pas auec sa grandeur d'ame
Viure dans le repos sans l'aide d'vne femme?
Faudra t'il que de nous il prenne la leçon?
Ne peut-il se parer d'vn leger hameçon?
Et lorsque pour sa gloire il voit d'amples matieres
Est-ce à nous à sa honte à marcher les premieres?

ALCANDRE.

Que l'orgueil de l'homme aille autant loing qu'il
    voudra,
Tousiours de vos beautés son bonheur dependra.
Quel esprit assez fort tiendroit contre vos charmes
Vn cœur tout aussitost ne rend-il pas les armes?
Helas lorsque l'amour par vos traits me surprit,
Ie ne sçay que deuint, mon cœur ny mon esprit.

CEPHISE.

Pourquoy donc se vanter d'auoir tant de courage,
Et cent autres vertus sans la force en partage,
Quand il faut d'vn reuers souffrir les rudes coups
Les hommes quelquesfois sont plus femmes que
    nous.

BRA

BRADONTE.

Mais vous dont la vertu doit eftre fans feconde
Il faut auoir vn cœur le plus foumis du monde,
Et calmant de l'amour les tendres mouuements
D'vn rigoureux deuoir fuiure les fentiments.

CEPHISE.

Il eft vray la vertu tient fur nous fon empire
Et nous fuiuons les loix qu'elle nous veut prefcrire
Mais l'amour auec elle a des fermes liens
Et de les bien vnir nous fçauons les moyens.

❦❦❦❦❦❦❦❦❦❦❦❦❦❦

SCENE IV.

FORESTAN, CEPHISE, FELICIE, DORINE, FILEINE, BRADONTE, ALCANDRE.

FORESTAN.

HE bien à m'obeir eftes-vous toutes preftes,
Mes filles de mon choix ferez-vous fatis-
faites.
Auez-vous confulté voftre cœur là deffus
Et mes ordres de vous feront-ils bien reçeus.
Ie reuiens promptement pour tenir ma parole,
Que pas vne de vous ne faffe icy la fole
Qu'eft-ce?qu'auez vous donc, que me demandez-
vous?

Et pourquoy toutes trois se mettre à mes genoux,
Vous voulez m'obliger à rompre ma promesse
Et par vos pleurs enfin exciter ma tendresse.
Leuez-vous, Dites moy, quel motif maintenant
Vous à fait souleuer contre mon sentiment,
Tantost que pour sçauoir si vous les vouliez prendre
dre
J'ay dit qu'vn chacun d'eux deuoit estre mon gendre,
dre,
D'vn visage riant vous m'auez respondu
Que i'obtiendrois de vous ce qui me seroit dû,
Et que sans oser faire aucune resistance
Ie verrois des effets de vostre obeissance.
D'ou vient que maintenant vostre cœur s'est chãgé
Et qu'il à si peu craint de me voir outragé.

FELICIE.

Puisque à vous dire tout ie me trouue forcée,
Au pouuoir de Bradonte en me voyant laissée,
La mort dans peu de temps propice à mon secours,
cours,
Auec ma triste vie esteindroit nos amours.

CEPHISE.

Mon cœur en dit autant en public de Fileine.
Ie sens pour luy dans l'ame vne inuincible haine,
Et sous vn mesme ioug nous vouloir engager
C'est nous vouloir bien-tost voir tous deux esgorger.

DORINE.

Plustost que pour mary ie reconnusse Alcandre,
J'irois dans vn conuent par desespoir me rendre.
Mais vostre cœur pour nous est trop plein de douçeur :

Pour

Pour me vouloir traitter auec tant de rigueur.

FORESTAN.

Ie feray donc contraint mes Dames pour vous
   plaire,
D'abandonner pour vous l'autorité d'vn pere.
Faut-il que ie me regle en tout fur voftre choix
Et qu'enfin pour agir ie reçoiue vos loix :
Allez à la maifon attendre vn nouuel ordre.
Elles ont à l'himen beaucoup de peine à mordre.
D'vn fenfible chagrin ie me trouue frapé
De voir par leur refus mon efpoir fi trompé.
Mais ne pourroit-on pas pour acheuer l'affaire
Rencontrer quelque biais qui les pût fatisfaire.
Si Fileine prenoit Felicie pour luy,
Si Bradonte pouuoit à Dorine auiourd'huy. . .

FILEINE.

Moy ie me refoudrois à voir paffer ma vie,
Dans vne longue guerre auecque Felicie ?

BRADONTE.

Si Dorine en ce iour n'a pour mary que moy
Elle peut à l'himen renoncer par ma foy.

ALCANDRE.

Et ce feroit encor vne fole entreprife,
De vouloir m'obliger à careffer Cephife.

FORESTAN *bas*.

Quel eftrange embarras où ie me vois reduit,
Tout ce qu'vn pere fait vn enfant le deftruit.
Il ne faut pourtant pas manquer cette rencontre.
Il faut les marier quoy qu'elles difent contre.
Vous auez bien raifon de chercher vos plaifirs.

Et de vouloir chacun l'obiet de vos defirs
De l'inclination n'eft pas qui veut le maiftre,
Mais de tous fes enfans vn pere à droit de l'eftre,
Ie m'en vais les querir.

***

SCENE V.

BRADONTE, FILEINE, ALCANDRE.

BRADONTE.

Il ne gagnera rien,
Et c'eft vn temps perdu ie penfe que le fien.

FILEINE.

Si Foreftan fe fert de toute fa puiffance,
Il nous les donnera malgré leur repugnance.

ALCANDRE.

A parler franchement ie me fens des remords,
Qui de noftre deffein me font voir tous les tors,
Qui nous donne le droit fans faire vn crime enor-
me,
D'exiger que leur cœur fur le noftre fe forme.
De la douceur pluftoft empruntons tous les traits,
Deuons nous maiftrifer leur mouuements fecrets.
Et comme des tirans aller auec main forte
De leur cœur obftiné nous faire ouurir la porte.

BRA

BRADONTE.

Quoy vous changez Alcandre & dans noſtre deſ-
    ſein,
Vous vous abandonnez au milieu du chemin.
Iuſqu'icy vous auez auec nous fait merueille.

ALCANDRE.

De quitter ce deſſein l'honneur me le conſeille.
Tantoſt de mon amour i'écoutois les tranſpors,
Et maintenant l'honneur fait mouuoir ſes reſſors.

FILEINE.

Quittez ces ſentiments, ſongez que quand on ay-
    me,
Il faut auoir l'obiet de ſon amour extreme,
Et qu'il importe peu quel qu'en ſoit le moyen.
Quand on eſt pour touſiours aſſeuré de ſon bien.

ALCANDRE.

Ce conſeil pour mon cœur paroit trop tyrannique.
Il ne peut ſe ſeruir de cette politique.
Ce ſeroit vers Dorine en agir en tyran,
Et de tous ſes malheurs deuenir l'artiſan.
Chers amis croyez moy, quittons cette entrepriſe;
Il vaut mieux perdre vn bien, que l'auoir par ſur-
    priſe.
Elles obeyront ie le veux croire ainſi;
Mais quand nous les aurons ſerons nous ſans
    ſoucy.
Combien nous faudra-t'il ſouffrir à leurs appro-
    ches,
D'iniures, de meſpris, d'ennuis & de reproches.
Alors que nous croirons d'en eſtre careſſez;
Alors plus fortement nous ſerons repouſſez.

E. 4

Et conseruant toufiours dans leur cœur de la haine,
Nous n'en pourrons ioüir qu'auec beaucoup de
peine.

B R A D O N T E.

Alcandre, il eft bien vray qu'vne telle action
Merite qu'on y faffe vn peu reflexion.
Comme vous ie fuiuois le penchant de ma flame,
Mais vos difcours ont mis la raifon dans mon
ame.
L'amour voit de deux cœurs fes feux bien-toft
bannis,
Quand vn feu mutuel ne les tient pas vnis.
Vne femme fut-elle en beauté fans feconde,
Quel plaifir en a-t'on fi fans ceffe elle gronde.
Et s'obftiner d'en prendre vne contre fon gré,
C'eft à tous les malheurs fe former vn degré.

F I L E I N E.

Il faut donc laiffer là, mon amour & Cephife:
Et n'y pretendre rien quand elle m'eft aquife.
Ce deffein me paroit hardy pour mon amour,
Et ie ne refponds pas de le faire en ce iour.
Au moment que ie crois de voir ma flame heu-
reufe,
Des mefpris de Cephife eftre victorieufe,
Pretendre que mon cœur y renonce d'abord,
C'eft vouloir de mes fens tirer vn grand effort.
N'importe puifqu'il faut que fur voftre modelle
Ie me priue d'vn bien où ma flame m'appelle,
Allons tout de ce pas aduertir Foreftan.
Qu'en fa maifon fans nous il peut viure conten.
Que fes filles en nous ne trouuas pas leur compte,
De les vouloir gefner nous aurions de la honte.
Marchons.

BRADONTE.

Mais s'il venoit icy pour nous chercher.

ALCANDRE.

A ce soin de bon cœur-ie me vais attacher
Allez ie l'attendray.

FILEINE.

Nous viendrons tout à l'heure.

ALCANDRE *seul.*

Lorsque toute sa vie ensemble l'on demeure
Il faut que l'vn de l'autre ait bonne opinion
Afin d'entretenir vne grande vnion
Et qu'vn amour parfait par de puissantes flames
En vnissant deux corps vnisse aussi deux ames,
I'entends du bruit, voicy peut-estre Forestan.
Mais ces filles plustost:ie m'en vais promptement
Me cacher.

❦❦❦❦❦❦❦❦❦❦❦❦❦❦❦❦❦❦❦

SCENE VI.

CEPHISE, FELICIE, DORINE.

FELICIE.

Mais aussi quelle pesante gesne
De prendre de l'amour quand on a de la haine.
De l'vne à l'autre on voit vn pas vn péu trop
grand.

DO

DORINE.

Auec iufte raifon cet effort vous furprend
Mais la neceffité nous pouffant à le faire,
Nous deuons par vertu contenter noftre pere.
Vne fille toufiours doit fuiure fon deuoir
Tout ce qu'vn pere veut elle doit le vouloir
Et fe facrifiant à fon obeiffance
Montrer de fa vertu la feuere puiffance.
Alcandre tout hay dans mon ame qu'il foit
Mon cœur pour le cherir fera tout ce qu'il doit,
Et d'abord que l'himen aura ioint nos deux ames
Ie vais changer ma haine en de fidelles flames.

CEPHISE.

Mon cœur fe pourra-t'il fi promptement changer
Et cherir vn amant qui vient de m'outrager.
Que de noftre deuoir la maxime eft feuere,
Qui fait vn crime noir d'vne faute legere,
Et fous le vain orgueil d'vn ridicule honneur
Nous vient tirannifer & l'efprit & le cœur.
Cependant c'eft ainfi qu'on nous apprend à viure
L'honneur eft vn tiran, n'importe il le faut fuiure
Il luy faut immoler fon plus pretieux bien,
Et quand nous l'auons fait que nous refte-t'il, rien?

FELICIE.

Quoy Bradonte faut-il que Felicie t'aime
Que ma haine fe change en vn amour extreme
Toy que ie haiffois beaucoup plus que la mort,
Tu pourras bien m'aimer fi ie fais cét effort.

SCENE DERNIERE.

FORESTAN, CEPHISE, DORINE, FELICIE, ALCANDRE, BRA-DONTE, FILEINE.

FORESTAN.

IE vous refponds qu'auant que la iournée paffe
Il faut que voftre himen auec elle fe faffe.
Leur cœur eft à cela tout à fait refolu

FILEINE.

Si d'vn pere employant le pouuoir abfolu
A nous donner leur foy vous les allez contraindre
Nous aurons dans la fuite affez de maux à crain-
   dre.

FORESTAN.

Venez,ne craignez rien,ie refponds de leur cœur
Et que vous auez pris vne fauffe frayeur.
Mes filles auiourd'huy dans vn long himenée
chacune fe voyant pour toufiours deftinée
Sans ceffe vous deuez deuant les yeux auoir
Ce que de voftre cœur exige le deuoir.
Songez biē qu'il vous faut d'vn œil prudent & fage
Veiller inceffament aux befoins d'vn ménage :
Mais fur tout qu'il vous faut aimer tant voftre
   efpoux

Qu'il

Qu'il n'ait iamais subiet de se plaindre de vous.

Il prend la main de Cephise & de Fileine.

Cephise auec Fileine auiourd'huy ie vous lie.

CEPHISE.

Mon cœur en cet instant toute sa haine oublie.

FILEINE.

Que d'vn illustre prix ie vois payer mes fœux,
Puisque i'obtiens en vous l'obiet de tous mes
vœux.

FORESTAN.

Dorine approchez vous, venez auec Alcandre
Sous les loix de l'himen auec plaisir vous rendre.

DORINE.

Quand ie dois obeir ie ne balance pas,
Et vous donnant ma main ma hayne est toute à
bas.   **ALCANDRE**

Quoy que dans cet himen ie trouue ma fortune,
Sans l'amour i'en croirois la douceur importune,
I'aymerois mieux encor mourir dans ma langueur
Que d'auoir vostre main sans auoir vostre cœur.

DORINE.

De la main & du cœur ma vertu vous asseure,
Et si vous en doutiez vous me feriez iniure.

FORESTAN.

Felicie venez Bradonte est vostre espoux.

FELICIE.

A ce nom de mary ie perds tout mon courroux.

BRADONTE.

Que de gloire auiourd'huy mon amour est suiuie
Puisque ie dois auoir ma chere Felicie.

FORESTAN.

Allons moustrer en ce iour
Que quand la vertu nous aide,
C'est vn asseuré remede
Aux caprices de l'amour.

FIN.

es

lre.

te à

ine,
ine.
lèga
eur,

IX.

quie

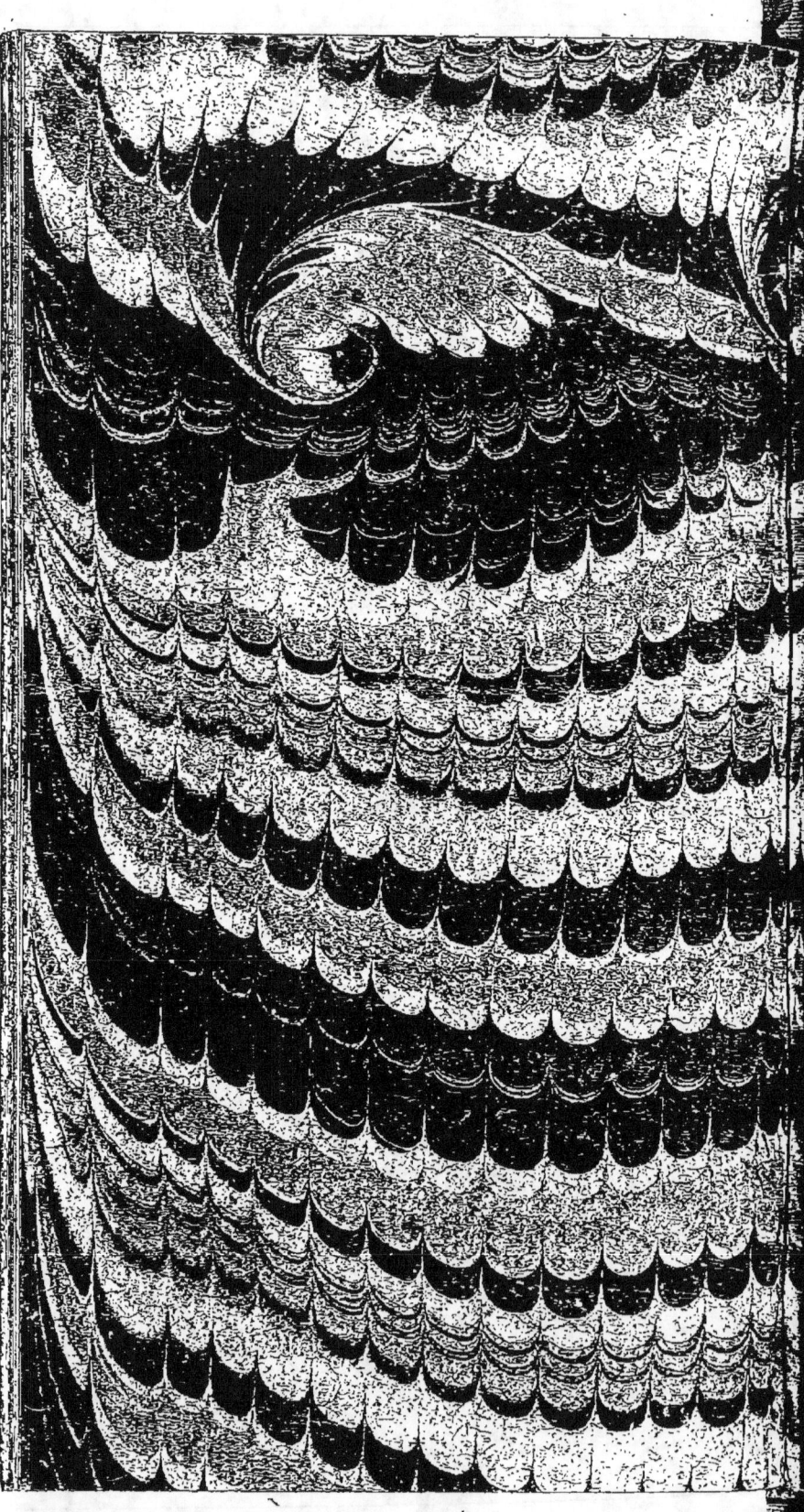

8º B
14271